파랑새가 떠나간 서녘

문학들 시인선 030

임경렬 시집

파랑새가 떠나간 서녘

문학들

시인의 말

발소리를 들으며 느긋이 걷는다

그곳을 찾았는데
그들은 여전히 그곳에 있다

어떠한 말도 필요하지 않다

따뜻한 기운이 채워지고
향기는 여전하다

그 향기를 품고

걸음을 멈추지 않는다

임경렬

차례

제4부

제1부

영산도 사람들*

몰려든 듯한 바닷물이 강물에 섞인다

우아한 산자락이 마중 나온 기슭에는
포구가 포근하게 품을 열었다

바닷바람을 강변에 가두고 살아온 사람들

주섬주섬 뭍으로 나르던 애환을 묻어둔 채
물길을 되돌려 사무친 추억을 찾아가는데

아득한 옛사람은 바닷새 따라 전설처럼 떠났고

바윗돌에 새겨 놓은 짙은 그리움이

암각화처럼 남아 갯바위로 모여든다

* 흑산도 옆 영산도 주민들이 현 나주시 영산포에 이주해서 고려 말부터 살았다.

창랑정滄浪亭* 앞 조어대釣魚臺

내달리는 비단강에 시간이 머문다

지석천과 만봉천이 만나 시심詩心이 더해지고
솟아오른 앙암仰巖에 부딪히며 물 돌기가 태어난다

서쪽 바다를 꿈꾸는 물고기는 섞이듯 모여들고
물결을 타고 느긋하게 물놀이를 즐기는데
붓을 맡긴 영혼이 자유롭게 노닌다

가야산 끝자락, 터를 닦은 바윗돌에
물안개가 흩어지고 스미듯 햇살이 내려앉는다

시간을 초탈하며 세월을 쌓던 창랑처사滄浪處士

찾아드는 은근한 정취가 강물 위를 유람한다
창랑정 옛터에는 아늑한 기운이 아직도 머물러 있는데
언덕에는 기다림에 갇힌 초목만 무성하다

비단결처럼 창랑한 강물에 낚싯대 드리우며

14

유영하는 물고기는 마음속에 품고 시를 낚던 곳

이끼 낀 조어대는 누구를 기다리는가

풍류를 채우고 밀려드는 시간을 비워내던
아득한 옛사람이 그리워지는 날

검은 바위 위에 시간을 내려놓는다

* 임탁이 1590년 가야산 동편 언덕에 건립한 정자. 창랑정 앞 영산강변에 낚시
  바위가 있다. 임탁은 백호 임제의 동생이다.

영모정永慕亭 2

언덕을 오르니 풍모가 드러난다
첫 이름은 귀래당歸來堂, 다시 태어난 영모정이다
몰려든 풍경이 풍호楓湖 언덕에 태반을 깊게 묻었다

어버이를 사모하고 그 뜻을 따르는 곳
순응하는 숨결이 강물처럼 유유히 흐르나니
반천 년 세월로 어떻게 다하고 이룰 수 있으리
저 강물이 마른들 어찌 멈출 수 있으리

튼실히 뿌리를 내리고 용틀임하듯 선 향나무가
세월의 살갗을 벗겨내며 맑은 향기를 피운다
시리도록 푸른 하늘을 우러르는 노거수는
천년의 지붕을 자처하는데

기묘명현己卯名賢의 기개와 시인의 문학이
사대부士大夫의 의행義行과 항일의 발자국 남아 있으니
끊임없이 이어가고 어우러지는 곳

이 터의 맑은 기운으로 흠뻑 호흡하고

이 그늘 품에서 나날이 꿈을 키웠건만
되돌아온 오늘, 무엇을 더 바랄 수 있으랴
우월한 세월 앞에 낮은 마음으로 가다듬는다

인생길 같은 계단을 천천히 내려가려니
쌓은 시간을 비워 내는 삶의 궤적이 덧없구나
이제 다가오는 앞날은 뒷사람에게 맡기고
흐르는 저 강물에 마른 붓 한 자루 적시련다

파수꾼

어느 시대에 태어났나요

헤아릴 수 없는 당신의 세월
세월의 크기에 얼룩진 검은 몸피로
늘 그곳에 남아서 부족部族의 터전을 닦고
바람에 흩어진 영혼을 끌어모으며
변함없이 지키고 있네요

우러러 받들던 모두는 당신 곁을 떠났는데
당신은 누구를 그리워하나요

젖은 달빛에 버무린 산천
속살을 파헤친 토성과 어울리며 고독을 허물어가네요

당신은 어디까지를 원하나요
아득히 지켜온 만큼의 내일의 내일을 헤아리나요

간절한 어떤 바람은 세월만이 채울 수 있겠죠
그을린 근거지를 당신이 지키고

새로운 나날은 위무하듯 곁으로 찾아오는데
모두는 또 떠나가고 역시 잊힌 과거로 남겠지요

당신 곁의 시간은 흐르지 못하고 고여 있는데
그곳에 남아서 누구를 기다리나요

독백으로 세월을 셈하고 있는 당신,
고. 인. 돌.

한풍루寒風樓*

무거운 하늘을 운명처럼 짊어지고 살았다

그 이름 이어오는데
이 모습 지켜오는데
굴곡지고 아픈 역사에 오래도록 짓눌리며 살았다

저들은 수려한 자태를 시기했던 것일까
임진전쟁 때 화마로, 강점기 때 만행으로
색 바랜 기둥처럼 견뎌온 지난한 시간들
스러졌다 거듭나기를 되풀이하며 살았다

명사들과 시회詩會를 가졌던 조선의 시인은
어느 날, 흥취를 데리고 선계仙界를 거닐었다
누각은 오간 데 없고 주춧돌만 황량하게 남아 있으니
하얀 발길 멈추고 영혼을 되살렸다
고을살이 하는 실제實弟의 꿈속으로 걸음걸음 찾아가
누각을 중건하라 청하니 그 뜻이 다다라서 다시 태어났다
세월에 씻겨 그 모습 변하니
후예의 녹봉祿俸으로 중수를 이어왔다

한여름의 질긴 불볕이 시련처럼 온몸을 붉게 달군다

계곡물을 껴안은 한풍이 달아오르는 심장을 식히는데

반천 년, 모여든 옛사람의 푸른 정취가 누각을 오른다

* 한풍루는 백호 임제가 꿈에 계시하여 동생 임환이 무주현감 때(1599년) 중건
  (重建)하였고, 후손 임중원이 무주부사 때(1783년) 중수(重修)했다.

장춘정藏春亭*에 머문다

아름드리 느티나무여
햇살로 추억을 데우는가

마르지 않는 강물이여
술잔에 깃든 달빛이 그리워서 찾아드는가

조각배 드나들던
안개 낀 사암나루 옛터는 묘연한데
정자는 고색의 바위울 사이에 건재하구나

마른 들녘은 연초록 새싹이 해거리하고
생동하는 삶은 유한한 세월을 생명선처럼 이어간다
들꽃처럼 다시 피어나는 선인의 흥취를 가슴에 품고
꿈꾸던 마루에서 자라나는 봄날의 추억을 헤아린다

처마 밑 천년의 저 바위는
무한한 세월을 시기하는 것일까
예찬하는 영롱한 시어詩語들, 낱낱이 기억하련만
묵묵히 봄 햇살만 마중하고 있구나

시절을 만난 새 생명이 아늑하게 돋아나고
완연한 봄기운이 사시절四時節 머무는 곳
장춘정

* 고흥류씨 류충정(1509~1574)이 만년의 휴식처로 1561년에 세운 정자다.

적중謫中의 터* 1

백룡산 기슭에는
초록의 생기가 촘촘히 돋아 있다

굴곡진 옛사람의 삶을 등에 업고
회상하듯,
돌 거북이가 버거운 낯빛으로
검은 세월을 새기고 있다

긴 여정을 이어온 적막한 시간

육신을 가두어 둔 귀양살이가
지조를 가둘 수는 없었을 텐데
이 적중에서 선인은
어떤 세상을 꿈꾸었을까
단칸의 초막에 몸을 기댄 채
풀벌레 소리로 벗 삼으며
시를 짓고 살아온 고적孤寂한 나날들

잿빛 시대를 딛고 넘나드는 역사처럼

무겁게 깔린 구름이 걷히고 하늘이 열린다
그윽한 바람결이 지나가며 구릉을 감싸는데

곧추선 소나무의 우듬지,
청명한 햇살 한 줌 움켜쥔다

* 삼봉 정도전이 나주목 회진현 거평부곡에서 1375년 5월부터 귀양살이를 했다.

벽류정碧流亭*의 겨울

성덕산 모퉁이를 돌아온 찬바람이
빈 들판을 거닌다
시냇물 곁을 서성거리며 좁은 파장을 일으키고
마른 몸체를 드러낸 나뭇가지 끝에도 걸려 있다

바람이 감싸 안은 단아한 언덕에 터를 닦은 벽류정
한설寒雪이 내리는 날이면 순백의 눈꽃을 덮고
피어나는 봄날을 꿈꾼다
정취에 물든 풍류의 숨결을 간직하며
옛사람의 붉은 체온을 기억하고 있는 것인가
즐비한 서까래를 붙잡고 늘어선 편액에는
선인의 향취가 고매하게 머물러 있다

모였다 흩어지는 구름이 적요하게 떠도는데
향긋한 시담詩談을 드높이 펼친 노거수는
속박을 벗어던진 세월을 더하며
한 겹 두 겹 천년의 나이테를 그려간다
이엉을 얹던 초옥草屋을 추억하고
긴 시간을 흩뿌리며 건너온 대나무 숲이

26

짙푸른 몸가짐으로 겹겹이 가다듬는데
맑은 바람과 노니는 이파리들이 합창으로 더한다

창건주의 쓸쓸함이 벽류 선생의 풍요로
오늘날, 여기에 남아 있다
세교世交를 이어가는 후손들처럼

* 나주시 세지면에 있는 광산김씨 정자.

이별 바위*

야트막한 언덕을 품고
차가운 강물에 상처를 감추고 있다

시나브로 노을이 식어가니
어스름이 깔리고 석양이 쓸쓸히 밀려난다

붉게 물든 이별의 몸체는 그림자를 지우고
겹겹이 누운 섬돌 위에는
기다림이 쌓여 시름만 깊어진다

곤곤한 물결이 시야를 벗어난다

오래전, 짙푸른 물길을 따라간 어부는
아낙네의 온순한 숨결을 가슴에 간직한 채
무너진 물너울에 기약 없이 갇히고

오늘, 불빛을 덮고 골목길을 거닐던 청춘들은
영문도 모른 채 다급한 발걸음이 꺾였다

정처 없는 영혼이 어둠에 엉키어
어슴새벽까지 서럽게 떠돈다 그곳에서

파랑새가 흔적을 뒤지며 떠나간 서녘,
눈을 감고 바라본다 서늘바람 맞으며

* 영산강변 석관정(石串亭) 옆에 있는 바위.

사직공원 풍경

수습한 묘지의 유골처럼
팔각정이 몇 조각 뼈대로 남아 있다

손금에 닳아 반질거리는 핸드레일이 식어버린
체온의 기억을 더듬으며 달빛을 머금고 있다

숲길 가장자리에 몸체를 세운 돌비석에는
문향文香 그득한 시심詩心을 문신처럼 새기고 있다

앙상하게 드러난 시간이 묵은 추억을 소환한다

엉클어진 꿈 다듬으며 망루에 올라서서
무대처럼 펼쳐진 시가지를 바라보던 곳

동물원 정문의 검표원은 오간 데 없고
태극 계급장을 달고 긴 창 높게 세운 홍살문이
되돌아온 토지의 신, 곡식의 신을 수호하며
수비대의 수문장처럼 호위하고 있다

높다란 담장 깊숙이에서 감옥의 독방처럼
쪽우리에 갇혀 살던 맹수는 어느 날
담장이 허물리자 회색 숲을 지나 어디론가 떠나갔다

여느 때처럼 달빛이 머물러 있는 관덕정에는
적적한 가을바람이 처마 끝 풍경風聲을 붙잡는데
돌계단 후미진 곳에 웅크려 앉은 길고양이가
화살촉처럼 날카로운 눈빛을 쏟아내며
이방인의 몸짓에 경계를 높인다

풍경風景을 만들던 팔각의 조형이 시간에 해체돼버린
그 언덕에는 우주선처럼 내려앉은 타원정이 서 있다

긴 여정을 돌아서 온 사직단, 그 옆길을 관원처럼 걷는데
봉화대의 횃불 같은 불빛이 하늘을 가르며
옛 읍성의 밤을 지키고 있다

계단을 따라 나타나는 풍경
- 영모정永慕亭 3

쫓아오는 뜨거운 햇발을 외면하며 느릿한 발걸음을 내디딘다. 눈길이 모이는 곳을 번갈아 살피니 역사처럼 쌓은 계단이 줄지어 언덕을 오르고 있다.

'湖南第一名閭會津' 호남에서 제일 이름난 마을 회진이라 쓰인 돌비를 첫눈에 담는데 옛시인의 기념비가 눈앞으로 성급히 마중을 나온다. '조선의 가장 위대한 시인, 자주독립 사상가' 어떤 이가 수려한 문장으로 선명하게 기념하고 있다. 짧은 걸음나비로 몇 계단 더 오르니 문헌文憲이라 시호諡號를 새긴 추모비가 화려했던 벼슬길의 여정을 접고 다소곳하게 서 있다.

걸음을 옮겨 정자의 주인, 기묘명현己卯名賢의 유허비를 마주한다. 그 안에 새겨진 정신, 그 기개를 우러르며 가슴 깊숙이 담는다. 느긋한 강물을 굽어보며 바람결 따라 비어 있는 몇 발자국을 채운다. '회진개혁청년회'기념비 곁에 앉았다. 의연하게 일어선 젊은이들의 항일운동, 열기를 식히며 그날의 드높은 기운을 끌어와 차곡히 포개 놓는다.

침묵을 머금고 남은 몇 계단을 오르니 일필휘지로 쓴 현판을 보듬은 영모정이 당당하다. 위용을 갖춘 정자가 유장한 모습 드러내며 여름날 짙푸른 산과 강의 풍경을 끌어모은다.

 달아오른 남실바람이 잎새의 손짓으로 반기는데 넓은
품을 내어주는 노거수의 그늘이 어버이처럼 정겹다.

신걸산信傑山*

굽이치며 먼 길을
달려온 반도의 산줄기
갈증은 영산강물에 흘려보내고
넉넉한 곳에 자리를 잡아 편안히 앉았다
머무는 구름을 껴안고 솟아오른 봉우리에는
상서로운 기운이 그윽하게 서려 있고
아늑한 터마다 충효전가忠孝傳家의 선조들 잠들어 있다
천년 복암사를 품에 안고 있는
골짜기마다 숨결이 역사처럼 흐르는 신걸산
여기 복암사 오르는 길 중턱에 수백 년 누워 계시는
우리 선조의 마지막 고려인高麗人, 소윤공 할아버지
새벽녘, 솔바람에 실려 오는 목탁 소리
절골 따라 싱그럽게 번져갈 때
잠자고 있는 후손들 깨워서 불러 모은다
아침 햇살처럼 영롱한 기운
일일이 불어넣으며
청고淸高하고 근졸謹拙하게
살다가 왔느냐
다시 한번 묻는다

* 나주시 다시면에 있는 나주임씨 세장산이다.

적중謫中의 터 2

수런거리는 조정으로 먹구름이 파고든다

흙먼지처럼 몰려와
대신들의 시야를 가리고
맞서는 청고한 기상을 부러뜨리듯 꺾었다

회진현 거평 부곡으로
한탄스레 떠밀려온 귀양살이
궁벽한 산골짜기 무성한 초목은 말이 없다

홀로 귀를 열어
백성의 목소리를 청납聽納하고
눈을 틔어 머무는
그윽한 달 우러르는데
교교한 달빛이 허전한 가슴을 메운다

나라를 걱정하는 마음은
권세 있는 신하보다 백성이 나은데
낡은 조정朝廷에서는 어느 때쯤

먹구름 밀려나고 맑은 기운이 일어날까

그날을 기다리며 시를 짓고 살았다

제2부

삶

한껏 치열熾烈하게 살아간다

죽음을 위해

있는 힘 다하여 달린다

그 길

시작과 끝은 죽음이다

생명을 버려

다른 생명체生命體를 얻는다

고목을 바라보다

그 끝, 덧없고 초라하다

울창함도 화사함도 모진 세월이 지운다

어느 때부터였는가
뒤틀리고 휘어진 노거수여

거칠게 굽은 허리와
물기 잃은 마른 가지는
군데군데 설움에 붙잡혀 있다

골주름에 거북등처럼 딱딱한 몸통은
바싹 졸아든 누구의 모습을 닮았는가

몰아치는 세상살이에 오그라든 그 몸집
줄기도 뿌리도 세월이 내동댕이친 흔적이다

저 생을 돌이켜 본다

무심한 바람 끝에 점점이 매달린
굳어버린 삶, 아무도 눈길조차 주지 않는다

군살 돋은 상처만 겹겹이 남았는데
늙은 느티나무의 가슴이 쓸쓸하게 식어간다

상처 난 풍경

1호선 국도변에서 태어나는 풍경 하나,
바다 향기 몸에서 채 가시지도 않았는데
해묵은 모습을 거스르며 날카롭게 마주 선다

달려드는 봄바람을 붙들어 세우고
탐색하는 렌즈처럼 풍경을 끌어와 살펴보니
산자락이 기다란 흉터를 껴안고 신음하고 있다
눈동자에 달라붙은 티끌처럼 감성이 뭉개진다

내려앉은 백학白鶴이 강물에 갈증을 적시고
비옥한 들판에서 허기를 떨구며
남녘의 푸른 하늘 껴안고 알을 품은 형국이라는데
어미 학 옆구리를 찢고 피 묻은 알 끄집어낸 것일까
세균이 도사리고 있어 황급히 도려낸 것일까
파헤치고 깎아내고 산허리를 잘라
어긋난 경계선을 그어 놓는다

두문동 현인賢人이 천상으로 떠나며
붙잡던 절의節義와 육신을 남겨 놓은 곳

적거謫居하던 비운의 개국 설계자가
튼실한 민본民本의 씨앗을 움 틔우던 곳
두 날개를 펼친 어미 학 가슴처럼
보랏빛 핏줄로 이어진 고려와 조선
역사의 품속에 기나긴 인연을 간직한 백룡산인데
상처에 시달리며 세월의 위로를 기다리고 있다

다도해의 풍경을 담아 옮기는 중이다

어긋난 입

말없이 봄날을 걷는다

강변에 새순이 돋아나고
걸음마다 녹색 기운 피어오르니
색색의 꽃나무들이 반긴다

온순한 바람결과
따사로운 햇살마저 흥겨워하는데
남실대는 강물 곁으로 널브러진 것들

비닐봉지, 커피 캔, 음료 팩, 빈 병, 물수건, 검은 입마개

상쾌함을 밀어내며 불쑥불쑥 나타난다
피할 수 없는 불편함이 시선을 거스른다

내내 닫힌 입이 거칠게 열리는 유세장

언어가 되지 못한 채
소리의 또 다른 소음으로

봄날의 길거리에 매달려 귓전을 마구 때린다

끝없이 내뱉는 된소리들
어지럽게 나뒹구는데 쓸어 담을 수도 없다
따갑고 날카롭게 몰려드니 생채기로 남는다

시간을 건너다 수렁에 빠져 헤어나지 못하고
쏟아지듯 곳곳을 해치며 오염시키는 것들

모든 것, 어긋난 입이 문제다

되넘기며

12월, 달력의 마지막 장이다
정자 뒷마당 고목나무의
흐드러진 눈꽃 풍경을 사진으로 담고 있다

새날을 기다리며 하얀 마음 끌어모아
한 장씩 되넘겨 본다

속절없는 한 해를 추스르는데
여전히 일상을 지배하는 코로나19 바이러스

사람들 사이를 오가는 그림자는 멈춰서고
유령처럼 떠도는 낯선 낱말에
숫자들이 뒤엉켜 하늘과 땅 사이에 난무한다

차단, 봉쇄, 확진, 사망, 방역, 격리, 우울, 공포

거침없이 지구촌을 헤집고 다니며
여기와 저기 사이에 불안한 바람벽을 치고 있다
너와 나도 영혼의 그림자라도 밟힐세라

거리 두기로 간극의 경계를 메우고 있다

소박하게 소망한다 여느 해처럼
새날을 기다리는 하얀 마음 예사롭다

가둔 벽을 걷어내고 마주하는 투명한 일상
그곳으로 되돌리며
함께하는 그날을 기다린다

지심도

뱃머리가 파도의 너울을 가른다

롤러코스터처럼 오르내릴 때마다
아부재기를 치는 사람들
바닷길이 멈추고
마음의 섬 머리에 첫발을 댄다

붉은 기억을 간직한 군락 속 동백나무는
가슴에 남은 곡절 있는 슬픔을
저편으로 밀어낸다 고단한 아낙처럼
마끝 해안에 우두커니 선 고목 한 그루
허공에 손짓하며
뱃사람을 삼켜버린 바다를 원망하는 듯하다

심장을 버리고 생을 마친 폐목은
이끼 낀 바위 위에 누운 채
온몸을 졸이고 있다
마른 햇볕이 살갗을 찌르며 쏟아진다

섬섬한 바람을 따라 부르는
파도의 장송곡, 고독에 지쳐
검게 베인 삶을 위로하듯
가슴을 문지르고 있다

해안을 두드리는 질긴 바닷바람도
붙들지 못하는 시간
지심도의 여름날 오후

어떤 이별

단정하고 예쁜 생김새를 가진 한라*, 순백의 자태를 뽐내며 지내온 나날들, 이틀이 멀다지 않고 미용의 손길을 멈추지 않았던 주인댁 덕분이다. 십삼 년을 순간처럼 넘어서며 함께 지내왔다.

그동안 낳은 새끼들, 곳곳에 종족도 남겼는데 어느 날부터 흔들리는 눈망울 더듬거리는 발걸음 향기를 뿜어내는 꽃밭의 화분에도 그늘을 펼치는 감나무의 밑동에도 턱 턱, 둔탁하게 머리를 부딪친다. 시력이 거의 남아 있지 않은 탓이다.

이제 보금자리를 떠나갈 때가 되었다는데 마침표를 어떻게 찍어야 할지 망설이며 몇 날을 허비했다. 여기까지인가, 분분한 머릿속. 이제껏 경험하지 못한 헤어짐인데 어느 크기만큼의 아픔일지 아직은 가늠할 수도 없다.

엉클어진 저녁, 앞마당에 내려앉는 달빛마저 휑뎅그렁하다. 토방 후미진 곳에 아무렇게나 뒹구는 빈 밥그릇이 야속하다. 짓누르는 깊은 밤을 밀어내려니 촉촉하게 눈시울이 적시는데 산들바람이 다가서며 담담한 위로를 건넨다.

총총한 별들이 허전함을 덜어내고 있는 밤의 하늘, 한라는 저 밤하늘 어느 별을 찾아갔을까.

* 반려동물 1호, 진돗개 이름.

어물전의 기억

시향時享 제물을 장만하려는 할아버지 따라 오일장五日場에 왔다. 줄을 맞춰 늘어선 좌판 위 물건에는 애당초 관심이 없다. 할아버지 일행 뒤를 졸졸 따르는 발걸음은 아예 별개다. 집을 따라나설 때부터 꿈꾸던 주전부리와 함께하고 있다. 왼손에는 강냉이튀밥 한 봉지, 입안을 채운 눈깔사탕의 달콤함만이 가득한 시간이다. 할아버지는 어물전에 이르러 생선을 꼼꼼히 살피고 주인과 흥정한다. 어느 순간 목청을 높이더니 해묵은 돈궤 언저리에 돈을 놓고 돌아선다. 황급히 붙잡는 소맷부리를 뿌리치고 발길을 돌리니 문중의 관계자들 엉거주춤 우왕좌왕이다. 싸우면 어쩌나 하며 불안하고 어리둥절한 여린 걸음이 어물전 주변에서 머무적거린다. 값을 싸게 치르려는 할아버지, 가격표대로 팔려는 사장님과 팽팽한 줄다리기다. 동안 소년의 미숙한 마음이 한없이 어색하고 불안했다. 어물전 아저씨가 만나자마자 주신 용돈에 호주머니가 넉넉해지고 기분도 들떠 있는데 할아버지가 얄미웠다. 마침내 흥정이 타협으로 성사되었다. 할아버지의 판정승이다. 쌓아 둔 생선을 주인 아저씨가 문중 관계자에게 넘긴다.

그렇게 곡절이 함께한 장보기를 마치고 국밥집에 들러

앉았다. 뚝배기를 가득 채운 순대국밥, 머릿고기 한 접시, 막걸리 몇 사발에 어느새 화기애애하다.

반백 년이 지나간 음력 10월, 어김없는 영산포 장날이다. 시향 제물을 장만하러 오일장에 나왔다. 문중 사람들과 이곳저곳 살피며 장터를 누빈다. 속절없이 떠나고 훌쩍 흐른 세월에 밀려 장터도 옮기고, 어물전 주인도 바뀌고, 문중 사람도 새로운 얼굴이지만 장날만은 예전 그대로다. 기억만큼 추억이 차곡차곡 쌓인 장날, 어물전 좌판에 드러쌓인 생선을 뒤척거리며 값을 흥정하는 낯익은 거동, 그 시절 할아버지를 똑같이 닮았다.

오늘도 국밥 한 그릇에 화목한 기운을 담고 문중 사람들과 추억담을 섞는다. 그날의 기억이 떠나지 않고 추억으로 태어나 장터 언저리에서 맴돌고 있다.

농산마을 사람들

쏟아지는 불볕이 대지를 달군다

지열地熱처럼 뜨겁게
기억 속 그리움을 찾아내는 사람들
영모각 처마 밑에 그늘을 펴고 둘러앉는다
두런두런 지난 이야기를 뒤진다

하늘과 산과 물이 조화로웠던 농산마을
눈에 선한 풍경을 야속스레 지워버린 용담댐
애틋한 기억만 남겨 놓고
용담댐은 마을을 물 밑에 숨겼다
허공을 뒤지며 매무새를 단장하던 뒷산은
호수 위에 쓸쓸한 그림자로 누웠고
구구久久히 부락을 지키던 당산나무는
추억으로 채워진 마을 사람 가슴에서 늙어간다

정처 없는 구름이 산마루를 붙잡고 머무는데
수몰민의 눈길이 공허한 하늘을 떠돈다

그리움이 불볕처럼 쏟아진다
영모각을 휘감으며

안개 속 당산나무

누구에게는 감춰진 풍경일 수 있겠다
누구에게는 답답한 현실일 수 있겠다

시야를 가득 메운 물안개에 갇힌 이른 아침
여름 내내 펼쳐주던 그늘에 고마워하는 사람들
하얀 장막을 찢고 당산나무 품으로 모여든다

세세로 이어가는 세상살이 지켜보며
비바람 눈보라를 꺼안고 수백 세 살아온 당산나무
마을의 온갖 비밀은 목젖 깊숙이 숨긴 채
그늘을 뿌리며 이제껏 자리를 지키고 있다

울창함으로 살아가야 할 앞날이 무궁한데
강변에 도로를 만들며 운명을 알 수 없다니
아득한 설화처럼 고려장을 시키겠다느니
굴착기처럼 밀어붙이는 관계자에 밀려 기세가 눌리고
낯빛으로만 걱정하는 사람들 입술이 마른다

당산나무의 운명이 안개 속 햇살처럼 아슴푸레해진다

풍경 없는 허공을 선돌처럼 응시하는데
한순간, 일렁일렁 일어나는 기류가 기세를 일으키며
이어온 향약鄕約처럼 마을 사람들의 마음을 엮는다

시름시름 흘러가는 시간의 적막을 깨트리고
소리가 아닌 마음의 목소리를 한순간에 뿜어낸다
기필코 당산나무의 천수天壽를 지키겠다며

석개등길 지나며

시냇물이 주문처럼 재잘대며 어둠을 부른다

짙은 어둠이 온몸을 빨아들인다
두려움이 좁은 어깨를 무겁게 짓누르고
기억보다 더 두려운 깜깜한 현실 앞에서
그믐달처럼 곁눈질하며 종종걸음으로 걷는다

석개등길, 귀신을 보았다는 이도 있었고
도깨비를 만난 발바닥이 흙바닥에 닿을세라
그림자도 버리고 도망쳤다는 이도 있었다
어릴 적, 매양 귀를 털어내며 들어야 했던 그 길
커진 몸집이 곤두박질로 떨어질 것 같아 부여잡으며
남은 정신을 거듬거듬 데리고 혼자서 지난다

중심을 잃고 강바람에 흔들리던 호롱불은
도깨비처럼 나타난 손전등이 유물관으로 데려갔고
길잡이 하던 촌로는 호롱불이 꺼지자 귀신을 따라갔다

어디에서는 괴물 같은 권력이 여인의 가슴을 찢고

매몰찬 자본에 내몰린 적막한 길거리에는
한숨으로 가득 찬 낡은 지갑이 나뒹군다
상처 난 영혼이 혼동 속으로 빨려든다

오늘 밤, 기억 속 옛길이 무서운지
어두운 현실이 두려운지 수습하지 못하는데
섞여 있는 시선을 선명히 가르는 하얀 선

하얀 선이 위안이다

사진 한 장

사진 한 장 끼워져 있다 낡은 책갈피처럼

파고든 먼지에 덮인 책장 틈 사이로
탈색된 사람들과 이끌려온 짚단이 섞여서
틈새 없는 침묵을 가득 채우고 있다

일제 강점기, 가마니 짜기를 겨루는 장면이다

분주한 생각이 흐릿한 시간에 이른다
살아간다는 것도 힘들었던 그 시절
저들은 민중의 땀과 눈물을 연료로 삼아
넘치도록 노동의 착취를 보태고
고혈을 짜내서 섬나라로 보냈다
이삭을 털어낸 마른 볏짚처럼 수탈한 물산과
유산으로 구석구석 배를 채우고
유구한 밥상을 뒤집으며 정신을 짓누르기도 했다
역사를 끊고 문화를 송두리째 앗아가려고도 했다

사진 속, 색 바랜 모습으로 나타나 있는 광경처럼

아득한 흑백의 역사가 차근히 남아 있는데
겪지 않았건만 겪은 듯한 현상이 떠올라
잊힐 듯 잊힐 듯 아서라, 잊히지 않는다

빛바랜 사진 한 장에 머물러 있는 상처가
아픔으로 다시 다가오는 듯하다

외면

너와 내가 있다 우리는
너와 나와 함께하며 어우러지는 것

밀어주고 도와주고 끌어주며 그리고 나누는 세상
어깨와 무릎을 맞댄 채 기대서며 지탱하니
능력을 능가하는 또 다른 능력이 발휘한다

오르막에 선 채 두 발을 이끄는 구조물
인생길처럼 서로에게 위로를 보태며 존재를 유지한다

어느 어두운 날, 분별없는 욕심이
부추기는 거친 바람에 업힌 화마를 불렀으니
타버린 몸체는 단결이 무너지고
검은 고통으로 일그러진 상처만 남았다
덧칠한 욕망을 뒤집어쓴 그들
회피하고 있다, 애써 마주치려 하지 않는다
새삼스레 시선을 붙잡으려는 것은
다섯 모 노란 비닐뿐 '위험 접근금지'라고
유달리 모나게 쓰여 있다

단절의 벽체가 옹성처럼 마음을 가둔다
어그러진 현실에서 허물어져 가는 구조물처럼
까맣게 그을린 채 덕지덕지 살아가는데
이끼 낀 거리를 오고 가는 비정한 눈길이 외면하는
갇힌 노숙인의 가슴처럼 아리다

제3부

노을

흩어지고 남은 마지막 흔적이다

허공에 풀어놓은 잃어버린 언어들

너에게 건네는 붉은 입맞춤

그 수줍은 몸짓이다

학교 가는 길

방학이 끝나고 학교에 간다

논두렁길 신작로에 번갈아
두루 발자국을 남기며
길목 언저리에서 배웅하는 나락은
알갱이를 채우며 나날이 자라는데
소년의 꿈도 몸뚱이도 소갈머리도 얼마만큼은 컸다
시간을 자양분으로 자라난 강변의 풍경이
더디게 걷는 발걸음을 잠시 붙잡는다
시간이 소중하다는 것, 소년은 아랑곳없다
손짓하는 싱그러운 초록의 풀잎이 풀꽃이
마냥 좋을 뿐이다

오랜 세월 유람하듯 지냈다
문화와 문명과 자연의 곁을 무심코 누비며
삶, 마주하는 모든 것이 소중할 즈음
긴 방학을 끝내고 학교 가는 길이다
소년의 풀잎과 풀꽃은 감성을 조율하며
완숙한 색채色彩예술로 다시 태어난다

쪽빛 하늘을 품었던 회진초등학교 교정
그 자리, 잠애산에 기댄 채 새로 들어선
천연염색박물관이 단걸음에 마중한다

흩어진 추억이 모인 그날의 색체色體를 뿜어내며

존재의 횡단

검은 늪에 빠진 듯
허우적대는 걸음걸음이다

되돌아갈 수도 없다

낮은 포복으로
달궈진 길 위에서
절절한 몸부림이다

여름날, 태양의 시간

모조리 물을 앗아간
사막 같은 아스팔트길 위다

타는 듯 바짝 메마른 삶
절망이 짓누르는 시간이다

이글거리며 내리꽂는 땡볕은
마디마디의 살갗을 벌겋게 익힌다

거친 세파 속에 표류하는
망망하고 막막한 저 횡단 길

힘없는 몸부림으로 아득한 길을 횡단한다

그곳에 가면

- 태안사에서

숲속으로 파고든다

걷는 듯 머무르는 듯

머무르는 듯 걷는 듯

겹겹이고 첩첩이다

그곳에 가면
작고 세심하고 소중한 것들을 만난다

발끝을 바라보며
내 발걸음에 집중한다

산모퉁이를 맴돌던 느린 풍경이
석탑 곁에서 서성거린다

탑돌이가 지나간 후
멈춰 선 시간에 잠긴 고요

그리움이 조각난 추억을 꿰매고 있다

두드리다

네모의 조합을 끌어모아 머릿속을 채운다

혈관을 타고 손끝으로 향하는 신경세포
악보를 따라가는 뮤지션의 연주처럼 분주하다

검고 하얀 두드림으로 쇼팽을 기억하며
오선지에 걸터앉은 음표처럼 번갈아 리듬을 이어간다

손끝을 따라가는 신경은 두 눈으로 화면을 카피하고
목판으로 찍어내는 한지 위 활자처럼 선명해진다

표정 없는 자판을 거침없이 두드린다

끌어모은 자음과 모음이 화면을 가득 채울 때
기억을 꺼내든 세월 속 저편에 아련히 머무른다
행위예술을 바라보듯 몇 걸음 발치에서 서성인다

구석방 구들장에 등뼈를 세운 글쟁이 원고지에도
약초꾼이 채집한 약초를 배합한 한약방 약방문에도

고샅길을 섭렵한 면서기 서랍장 안 호적장부에도
쓴다는 것, 이제는 유물처럼 남아 있을 뿐이다

자음과 모음의 부호를 번갈아 가며 두드린다

이름이 채워진다
– 회상, '在泌' 이름을 짓고

이름을 채우러 가는 길

몸을 실은 열차는 설렘으로 흔들리고
계절의 끝자락에 매달려 바라보는 차창 밖에는
어둠을 걷어내며 새벽이 열린다

남쪽 하늘 아래에서는
살갗을 헤집던 소소리바람이
걸음걸음 밀려난다

씨앗을 품은 잎망울이 청초하게 돋아나면
꽃물결처럼 싱그럽게 세상이 일렁대겠지

햇살 환한 새봄이 따사롭게 내려앉으면
맑은 물 솟아나 마른 대지를 촉촉이 적시겠지

머리가 번득인다 가슴이 뭉클해진다
설렘에 기대어 한껏 그 이름 되뇌어 보는데
심장의 피가 휘돌며 온몸을 데운다

그 이름의 향기가 가슴을 가득 채운다

가야산의 석양

조각구름이 연인처럼
손목을 부여잡고 강물 위를 떠돈다

창백한 낮달이 낯빛을 채워가며
수줍은 시간을 붙드는데
적적한 노을빛이 산등성이를 오르고 있다

포구로 흘러든 꽃무릇 같은 전설은
남실바람에 실려 은빛 갈대밭을 누비고
강변을 따라 아득하게 머문다

지구를 딛고 솟아오른 앙암 절벽

연인의 못다 이룬 사랑을 숨죽이며 껴안았는데
핏빛 영혼은 벼랑 끝에서 매달리고
화석이 된 눈물은 낭떠러지에 두 몸을 기댄 채
도드라진 부조처럼 육신을 새겼다

뉘엿뉘엿 쓸쓸함이 태어날 때

붉게 물든 강물이 또 하루를 씻어낸다
여인의 검붉은 치맛자락을 적시며

가을 낙서

거침없이 속살을 드러낸다

물안개가 물러나고
마법처럼 하늘이 열린다

방황하는 시선이 머무는 산과 들 끝자락으로
맹렬하게 그리고 은은하게 가을이 파고든다

산마루는 머뭇거리는 뭉게구름을 붙잡고
억새가 섬섬한 손짓으로 발길을 유혹하는데
소슬바람은 매달리는 이파리를 낙엽으로 쌓는다

퇴적된 세월처럼 쌓인 기억이 밟히는 토성길
잠애산 구릉에 색 바랜 추억이 두텁게 머무는데
소환한 추억을 데리고 걷는 발걸음 호젓하다

오래전, 산기슭의 오솔길 따라 떠나간 어머니
치장한 가을에 업혀 밀려오는 그리움이
밭고랑을 서성대던 낯익은 그림자처럼 그려진다

어머니 마음을 닮은 하늘이 쪽빛으로 드높게 열리고
시냇물이 산과 들 품에서 청량하게 누비는데

둥지에서 벗어난 하얀 새 한 마리가
빈 하늘을 날며 날갯짓한다

젖은 불빛

항구의 저녁을 일으킨다

불빛, 추락하는 빗방울을 투사하며
해안 길 따라 흩어지는데

빗물에 섞인 눈물이 흘러내려
고여 있는 쓸쓸함에 뒤엉킨다

무거운 발길에 끌려가는 흐릿한 그림자

우산 속 검은 발걸음이
태어난 추억의 모퉁이를 느릿느릿 더듬는다

기억을 버린 채 살아가는 바닷고기는
희멀건 밤을 끔벅이며 수족관에서 맴돈다

텅 빈 항구의 밤을 지키는 여인

초점 잃은 눈동자가

흩어지는 불빛을 붙잡아 보려는데

흠뻑 젖은 저녁이 멀어져 간다

촌로村老

강물이 떠나며 개울물을 비우듯
헛헛한 그리움이 제방길을 채우는데

사각이며 손사래 치는 갈대들

그 허리를 붙잡는 적적한 강바람에
맑은 물결이 소리 없이 떠나간다

아득한 시간 저편에서 일렁이는 추억

한구석을 비우며 떠도는 구름처럼
햇살조차 외면하는 노구老軀여

굽은 몸을 기대는 쉼터도 허무를 채우는데
휑한 모습으로 누구를 기다리는가

세월에 그을린 자국만 남아
붙잡을 수 없는 아쉬움 가득한 시간

류경식당 여인들*

꽃을 든 여인이 꽃보다 아름답다
꽃 그림보다 화사하고 꽃향기보다 은은하다

아름다운 낯빛과 맵시
우아한 자태

오묘한 듯,

가야금과 장구의 화려한 연주와 열창이
휘모리장단으로 튀어 오른다

손끝에 서린 그리움이 눈빛에 드리워져 있다
미소를 띤 검붉은 입술에는 그늘을 머금고 있다

오색 조명등이 깊은 밤을 채우며 쏟아지는데

한구석 가슴에 달을 품은 여인

노랫가락에 실려 아리랑 고개를 넘어간다

* 중국 연변의 북한식당에서 공연하는 여인들.

고라니의 언어

석양이 깔린 산책길에 출현한 고라니
날숨을 내쉬며 맑은 눈망울로 물끄러미 바라본다

위협에 직면하지 않을 만큼의 거리를 유지한 채
귀와 입을 쫑그리며 응시하는 고라니
몸가짐은 어느새 숲 쪽을 향하고 고개만 돌렸는데
하고 싶은 말이 있는 듯하다

간절한 눈빛으로 마음결을 전하려 한다

쳐다보지 마세요, 겁이 많은 저는
당신의 매서운 눈이 포획할까 무서워요
소리 내지 않고 살아가는데 현상금 삼만 원은 왜 걸었나요
유해 동물로 분류한 당신들의 총탄에 죽어가고 있어요
어쩔 수 없는 슬픈 숙명이죠
최상위 포식자인 당신들, 무엇을 또 즐기려 하나요
탐욕적인 당신의 눈빛과 마주하는 것만도 두려워요
야생과 문명의 위험한 경계를 무릅쓰고
목숨을 부지하고자 넘나들며 지탱하고 있지만

몸집 작은 여린 사슴일 뿐이에요

넌지시 눈짓을 보내 보는데
서투른 몸짓으로 보리밭을 헤집으며 줄행랑이다

마음을 닫아거는 고라니의 샛별눈,
잔상이 달빛을 붙잡고 내내 창가에 머문다

제4부

그리움 한 조각

어구를 접은 빈 뱃머리에 매달린다

물결 따라 유랑하는 초겨울 바람이

더딘 물길을 딛고 굽이굽이 찾아오는데

어스름이 깔린 서녘 하늘

그리움 한 조각이

야윈 노을을 껴안은 채

여인의 아린 가슴으로 파고든다

거리의 여인들

검은 비 내리는 날
출몰하듯 텔레비전 화면으로 몰려나온
베네수엘라 여인들

짙은 화장 속에 민낯을 감추고
꽉 낀 청바지로 맵시를 드러낸다

밤안개처럼 흐릿하게 피어오르는 담배 연기

가슴 가득 쌓아 놓은 까만 멍울
슬픔과 고통의 눈빛 억누르며
쓰디쓴 웃음을 판다

길거리가 생명선인 젊은 여인들

어둠이 깔린 거리에는 삶이 배회하고
목숨이 숨어 있고, 죽음이 허공을 떠돈다

삼삼오오 서성이는 저들의 인생

무엇으로 위로할 수 있을까

화면이 바뀌자 여인들이 사라진다
절망의 끝자락에 매달린 불빛을 따라

어둠이 서성이는 거리로

노래비를 만나다*

북녘땅 어딘가에서 영면하고 있겠다

어린 시절 밟고 자란 터, 남평읍 옛집에는
철문이 세워지고 낯선 이들 드나든다

여린 추억 속에 간직한 강변의 모래알
모래알이 잉태하여 꽃물결처럼 피어났을까

반도를 넘나드는 짙은 울림
응어리진 가슴을 달래며 곳곳에 깃들어 있다
오선지 오르내리는 악보가 남과 북을 어우르니
끊기지 않는 강물처럼 예술혼도 한없이 흐른다

갈라진 파생의 돌연변이는 동족의 분열로 남았고
필연의 통증은 아직도 치유의 여지가 없다
실체 없는 이념이 철조망을 실체로 남기고
분단은 까맣게 멍든 기억을 억누르고 있다

음악가도 아내도 한세상을 딛고 넘어 떠나갔다

떠나고 싶었을까, 철조망 걷힌 천상으로
그려진다, 손을 맞잡은 부부의 애틋함이
국경 없는 그곳에서 묵은 한 떨쳐냈으리
긴 아픔을 껴안았던 음악가의 예술혼이
천상의 지휘로 남녘을 밝힌다

음표들, 드들강변 솔숲에서 다시 피어난다

* 남평읍 지석강 유원지에 세워져 있는 안성현 노래비.

드들강에서

기울어진 햇살이 봇물 위를 거닐 때

석양을 짓누르는 한기

구휼하듯
한목숨 바쳐 강물을 다스리고
재난을 막은 들녘에 풍요를 펼쳤던
드들이*

운명처럼 태어난 눈물꽃이
새록새록 피어나 나들이를 나온다

가녀린 육신을
솜털처럼 던져야 했던 처녀

슬픈 영혼이 걸음걸음 파편으로 남아
쓸쓸히 이승을 떠돈다

강변을 맴돌던 절절한 절규는

봇물에 묻혀 아스라이
물길 따라 흘러갔고

숨을 죽인 바람처럼
서러움은 오늘도, 지석산에
깊숙이 갇혀 있다

* 남평읍 지석강의 전설 속 처녀 이름.

하얀 흔적

풋잠으로 뒤척이던
구멍 난 어둠이 물러가고
수채화처럼 찾아온 아침

기척도 없이 펼쳐진 아득한 하늘을
그리움으로 한 뼘 한 뼘 채워갈 때

강물에서 노니는 현란한 햇살이
건반 위 리듬처럼 튀어 오르고

바람의 음표를 붙잡은 드넓은 들녘이
일렁거리며 정겹게 춤을 춘다

첫사랑 입술처럼 피어난 코스모스가
아련한 추억을 달콤하게 깨우는데

물과 바람과 햇볕으로
세를 불려가던 강변의 풀꽃들이
몸집을 움츠러뜨리며 본색을 감추는 시간

가슴속,

증발하고 남은 하얀 흔적을 지운다

그 사이에는

셔터 소리가 신경을 깨운다

귓바퀴를 휘감으며
쪼아대듯 파고드는 소리

깨어난 신경이 대상에게 차가운 눈빛을 뿌린다

셔터의 불빛이 칼끝처럼 날카롭게
여인의 낯빛을 그으며 순간을 붙잡는다

구석으로 밀쳐놓은 두 눈동자
피사체의 경계처럼 늘어져 있는 머리카락
차창에 비스듬히 기대고 반쯤 누워
각도를 만들며, 턱선을 가다듬으며
찰칵 그리고 찰칵

옆자리에 앉아 있는 젊은 여인이여

혼자만의 모델이 되고

혼자만의 사진작가 되어
갖가지 자태와 표정으로 무심한 셔터를 누른다

찰칵과 착각 사이를 쉼 없이 넘나든다

짙은 노을빛 가르며 질주하는 KTX 유리창 안
아련한 시간을 되돌리며
색 바랜 사진첩을 뒤적이니

나의 그리운 시절도 그 사이에 있다

아내의 가을

석양이 귀뚜라미 울음소리를 섞는다

토방 끄트머리에 걸터앉은 국화꽃이
수척한 낯빛으로 그녀를 바라본다

마른 화분을 적시는 노을에 젖은 눈동자
말을 건네지도 못한다

망각의 모퉁이에 흩어져 있는 추억들이
화사함의 곁가지에 매달려
간직하지 못한 채 버려져 있다

기억 속, 방황하던 과거의 편린을
하나둘 주워 담으니
아득한 정취가 실루엣처럼 드러난다

시들어 가는 홑겹의 꽃잎처럼
엷고 희미한 기억들
그리움의 파편들

한 가닥 노을빛을 움켜쥐고 성큼 다가온다

꽃의 기억 속, 그녀의 일상은
흩어진 추억 속에 빛바랜 이야기로 남아 있다

꽃은 어느덧 시든 꽃잎으로 남아
그녀와 함께 마른 시간을 포개고 있다

귀뚜라미 울음소리가 가을을 적신다

충장로에서

문득, 시간 사이로 나타난다

곳곳에 낯을 내민 울긋불긋한 현수막
추억을 나누려는 낱말이 조합되어 있다

겹겹이 덧칠로 입혀가는 거리의 겉치장들
어느 후미진 구석에 추억의 흔적이 남아 있을까
흐르는 시간에 녹아내려 무디고 가늘어진 기억을 데리고
때 묻은 골목길 사이를 누빈다

충장축제는 연일 이어진다

목청을 높인 공연이 끝을 향해 내달리는데
거리를 가득 메운 현란한 불빛과 벅적한 소리가
눈과 귀를 찾아와 파고든다
누군가 부르는 노래, 그들의 노래가 거리를 뒤덮는다

군상의 한복판으로 찾아오는 공허함과 함께 걷는데
기억 속 아련한 리듬이 다정하게 귓바퀴를 감싼다

왜일까, 위로하듯 발걸음이 여기에 머무는 것은
젊은 악사가 뿜어내는 짙은 열정인가
가슴을 두드리는 통기타의 익은 선율인가

축제가 쏟아내는 엉켜진 사운드를 뚫고
흩어진 시간이 외면한 남은 몸짓

그 몸짓을 찾아 나선다

어느 정년퇴임

처서를 보낸 지 며칠이 지났다

가득 찬 달이 조금씩 몸집을 줄여갈 때
작렬하던 불볕도 흐르는 시간을 따라 식어가고
거칠게 몰려오던 태풍도
지루하게 버티던 장마도
열정처럼 이글거리는 태양의 기운으로 밀어냈다

어느덧 가을바람이 길을 나서는데
선명하다, 여교수의 삶의 발자국
살아온 세월
어느새 자식은 부모가 되었고
제자는 선생이 되어 제자를 가르치고 있다
지나온 여정이 훈장처럼 모습에 새겨져 있고
아쉬움의 곁에서 자리를 함께한 인연들은
가슴과 다른 가슴으로 엮어가며 두텁게 이어져 있다

지나가고 이제 다가오는 새로운 미래 앞에
남겨 놓은 겸양으로 두 손을 모으고

끝은 또 다른 시작이라며 다져온 첫걸음을 내디딘다
어디쯤에서 열렬하게 맞이할

두 번째 환승역을 향해서

연필등대*

졸고 있는 밤바다에
홀로 몸체를 꼿꼿이 세우고 있다

고독을 위로하는 길라잡이처럼
검푸른 바다를 지휘하듯 흔들어 깨운다

불빛에 업혀온 짙은 그리움이
일렁이는 물너울 따라 적막하게 피어나는데

하늘 맞닿은 바닷길을 오가던 고깃배는
파도를 가르던 거친 바람의 기억을 털어내고
돌아온 항구의 품에 고요히 기대고 있다

미륵산이 잉태한 정기를 껴안았던 시인도

그 기슭 아늑한 토지에 초록 숲을 덮고
말없이 잠들어 있는 소설가도

망망한 어둠의 바닷길을 이끄는

저 등대의 불빛처럼
고절한 영혼을 온 누리에 드리우고 있다

* 경남 통영시 항구에 있는 연필 형상의 등대.

손님

시간이 무심하게 식어가네

집 나간 누이를 기다리는 오라비처럼
허전함을 채워가며 습관처럼 살아가는 나날들
다시 찾아온 거리의 복판에서 기다리는데
이제는 기다림이 쌓여서 일상이 되었네

추억의 모서리에 기대며 지탱하네

그리움은 각박한 삶에 무뎌져
엷은 추억으로 남았는데
군불의 불씨처럼
검은 재를 덮고 숨어서 꺼지지 않네

목장승처럼 어귀에서 기다리며 우두커니 살아가네

칼바람 움켜쥐고 몰아치는 매서운 세파에 갇혀
너에게로 한 걸음도 다가서지 못하는데
깊은 밤에 담장을 타고 넘어오는

그리움을 감춘 차가운 달빛

거리를 품은 그대여
그 따뜻함으로 얼어붙은 이 쓸쓸함을 녹여주오
거칠게 파고드는 아픔을 비워내며 기다리는데

냉랭한 북풍만이 세차게 몰아치네

산사山寺에 가두다

산맥 따라 몰려온 짙은 녹음이
오래된 옛 절을 철옹성처럼 에워싸고 있다
빼어난 목탑木塔처럼 서 있는 대웅전에는
속세를 떠난 부처님의 자애로운 눈길이
서기瑞氣에 갇힌 세속인의 합장을 바라보고 있다

계곡으로 흩날리는 물보라가 한여름을 식히고
몸짓이 자유로운 아이들의 곰살궂은 미소는
유영하는 물살에 실려 흔연히 흐르고 있다
초탈한 산바람이 나뭇잎 사이로 흩어지는데
소외된 햇발은 무심한 그늘을 원망하듯 쏘아본다

세상의 탐욕이 포로처럼 가두고
무덤 같은 쇠창살은 영혼까지 포획한다
반달곰의 갈라진 눈빛과 투박한 몸짓
토해내는 지친 호흡이 저 숲길을 향하는데
부르튼 걸음걸음이 옥죄인 철창 속에서 절절하다

어느 때쯤, 이 혹독한 속박에서 벗어나

산자락 어디에 흔적을 남길 수 있을까

두 손을 모은다

나그네처럼

심심한 기류에 갇혀 있다. 어느 때부터인지 해외를 떠도 는 것도 마음에서 몸에서 멀어져갔다. 시절을 떠돌며 계 절을 넘나드는 철새처럼 큰바다 넘나들며 무엇을 탐닉했 던 것일까. 책장 귀퉁이에 장식품처럼 꽂혀 있는 먼지 쌓 인 앨범 속, 사진으로만 기억한다. 철없던 철이 스며들 듯 찾아와 시공간을 메울 때 빈 가슴을 채우던 시절의 감성은 무뎌졌다. 시간을 되돌리며 소소한 이야깃거리로 곱씹는 것도 알곡 빠져나간 쭉정이만 같아 어설프다.

생각이 깨어나고 시야가 트일 때 다가서는 세상의 풍경 들, 채색하는 들판 파고드는 계곡 굽이를 따라 바다로 흘 러가는 강물, 점점 섬들이 손짓하며 올망졸망 얼굴을 내미 는데 드나드는 파도가 덧없이 부서지며 말을 건넨다. 느린 발걸음에 기대어 한 걸음씩 내디디라며. 계절을 붙잡고 있 는 산과 들에 안겨, 강과 바다를 따라, 넓지만은 않은 이 땅의 싱그러운 그곳을 찾아서 나그네처럼 떠나가란다. 시 간의 팔짱을 끼고 협소한 발걸음으로 철 따라 나를 찾아 떠나는 철든 나그네처럼 살아가란다.

고독한 산책자의 미학

백애송 시인·문학평론가

　　임경렬 시인은 나주에서 태어나 광주에서 성장했고 현재 나주에 살고 있다. 이는 곧 나주 지역의 서사에 대해 누구보다 잘 알고 있는 사람이 바로 임경렬 시인이라는 의미이기도 하다. 지역에 대한 서사를 문학 작품에 담는 것은 과거와 현재, 미래를 잇는 기제 역할을 한다. 총 4부로 이루어진 이번 시집을 관통하는 시어 역시 지역성 즉, 로컬리티이다. 시인은 '나주'라는 로컬의 정체성에 대해 진중하게 사유하고 좀 더 깊이 있게 들여다보고자 한다. 시인이 이러한 로컬리티를 찾아가는 과정은 지속 가능한 사회에 대한 통찰이며 동시에 미래의 담론이 가능하도록 하는 중요한 지점이기도 하다. 따라서 시인은 고향 나주를 한순간도 손에서 놓지 않는다. 현대사회를 살아가는 우리는 과학적·물질적으로 보다 더 윤택한 삶을 살아가고 있지만, 그 반면 소중한 정신적 자원의 한 페이지를 잊고 지내는 것도 사실이다. 빠르게 변화하는 사회 속에서 임경렬 시인은 사람들의 관심사 밖으로 밀려나고 있는 나주라는 지역 그리고 그 내면의 이야기를 하나씩 호명하여 숨결을 불어넣는다.

과거와 현재의 공존, 그 사라짐의 역사

시에서 장소는 시인의 삶, 곧 시인의 경험과 밀접한 관련이 있다. 장소는 인간 실존의 근원적 중심인 셈이다. 인간은 한 장소에 뿌리를 내리고, 그곳을 중심으로 세계를 바라보고, 세계와 관계를 맺는다. 경험의 주체인 사람의 상호작용을 통해 만들어지는 장소라는 고유한 특성을 에드워드 렐프는 '장소의 정체성'이라고 개념화하였다.

시인에게 장소의 정체성이 발현되는 곳은 나주이다. 나주는 영산강이 흐르는 지역으로 뱃길을 이용하여 다양한 교류가 활발하게 이루어졌는데, 특히 조선 시대에는 누정樓亭 문화가 발달하였다. 누정은 자연풍광이 뛰어난 곳에 건립되었다. 기능과 성격에 따라 은거의 장소이거나 강학과 학문연구, 문학의 산실, 선비들이 교유하는 공간으로 활용하였다. 시대의 고충을 극복하려는 소통의 공간이자 담론을 펼쳤던 장으로서 누정의 의미가 오늘날 점점 멀어져 가고 있다. 나주 지역 누정 또한 마찬가지다. 씨족 중

심의 강회소나 마을 향회소로 활용하는 경우가 많다. 이에
시인은 날로 쇠퇴하고 있는 누정의 흔적을 따라 기록으로
남기고 있다.

아름드리 느티나무여
햇살로 추억을 데우는가

마르지 않는 강물이여
술잔에 깃든 달빛이 그리워서 찾아드는가

조각배 드나들던
안개 낀 사암나루 옛터는 묘연한데
정자는 고색의 바위울 사이에 건재하구나

마른 들녘은 연초록 새싹이 해거리하고
생동하는 삶은 유한한 세월을 생명선처럼 이어간다
들꽃처럼 다시 피어나는 선인의 흥취를 가슴에 품고
꿈꾸던 마루에서 자라나는 봄날의 추억을 헤아린다

처마 밑 천년의 저 바위는
무한한 세월을 시기하는 것일까
예찬하는 영롱한 시어詩語들, 낱낱이 기억하련만
묵묵히 봄 햇살만 마중하고 있구나

시절을 만난 새 생명이 아늑하게 돋아나고

완연한 봄기운이 사시절四時節 머무는 곳

장춘정

– 「장춘정藏春亭에 머문다」 전문

장춘정藏春亭은 다시면 죽산리에 있는 정자이다. 류충정
이 관직에서 물러난 후 낙향하여 1561년에 건립하였다. 항
상 봄을 간직하는 듯하다고 하여 붙여진 이름이 장춘정이
다. "아름드리 느티나무"가 있는 장춘정에는 당대의 많은
문인이 찾아왔다. 고봉 기대승은 「장춘정기문藏春亭記文」에
서 장춘의 의미를 묻고 답하는 내용을 기록하였고, 면앙정
송순, 석천 임억령, 사암 박순, 풍암 임복, 백호 임제 등 이
름난 문인들이 이곳을 찾아와 시를 지었는데, 이는 '장춘정
제영藏春亭題詠'을 통해 확인할 수 있다.

장춘정을 다녀갔던 문인들에게는 당시의 삶이 고스란히
간직되어 있는 장소이다. 하지만 현재는 조각배를 타고 드
나들었던 "안개 낀 사암나루 옛터는 묘연"하다. 시를 짓고
'시대정신'을 논하는 발걸음이 드물어지고 있다. 이에 시인
은 장춘정에 담긴 의미가 퇴색되어 가는 점에 대해 애석해
한다. 그러나 다행인 점은 "정자는 고색의 바위울 사이에
건재하"다는 것이다. "연초록 새싹"이 "세월을 생명선처럼
이어"가니 "선인의 홍취"가 "들꽃처럼 다시 피어"오르고

있다. 처마 밑 바위만이 당시의 "예찬하는 영롱한 시어詩語
들, 낱낱이 기억"하고 있더라도, 아직도 건재하기에 끊이
지 않고 이어질 것이다.

　　언덕을 오르니 풍모가 드러난다
　　첫 이름은 귀래당歸來堂, 다시 태어난 영모정이다
　　몰려든 풍경이 풍호楓湖 언덕에 태반을 깊게 묻었다

　　어버이를 사모하고 그 뜻을 따르는 곳
　　순응하는 숨결이 강물처럼 유유히 흐르나니
　　반천 년 세월로 어떻게 다하고 이룰 수 있으리
　　저 강물이 마른들 어찌 멈출 수 있으리

　　(…중략…)

　　이 터의 맑은 기운으로 흠뻑 호흡하고
　　이 그늘 품에서 나날이 꿈을 키웠건만
　　되돌아온 오늘, 무엇을 더 바랄 수 있으랴
　　우월한 세월 앞에 낮은 마음으로 가다듬는다

　　인생길 같은 계단을 천천히 내려가려니
　　쌓은 시간을 비워 내는 삶의 궤적이 덧없구나
　　이제 다가오는 앞날은 뒷사람에게 맡기고

흐르는 저 강물에 마른 붓 한 자루 적시련다

- 「영모정永慕亭 2」 부분

영모정은 나주시 회진마을 풍호 언덕에 있는 정자로 임붕林鵬이 건립하였다. 처음 '귀래당歸來亭'이라 했으나, 아들 임복이 1556년 재건하면서 어버이를 길이 추모한다는 의미로 '영모정永慕亭'이라 했다. 이 시는 전반부와 후반부로 나누어 살펴볼 수 있다. 전반부인 1연부터 4연까지는 영모정의 과거와 현재의 모습을 아우르고 있으며, 후반부 5연과 6연은 영모정에 올라 영산강을 바라보며 시인의 삶을 반추하고 있다. "언덕을 오르니" 영모정의 풍모가 제 모습을 드러낸다. "어버이를 사모하고 그 뜻을 따르는" 의미를 깊이 새기니 강물이 마른다 한들 지극한 마음은 멈출 수 없을 것이다. "기묘명현己卯名賢의 기개와 시인의 문학", "사대부士大夫의 의행義行과 항일의 발자국"이 "끊임없이 이어가고 어우러지는 곳"이다.

이곳의 "맑은 기운으로 흠뻑 호흡하고/이 그늘 품에서 나날이 꿈을 키웠"던 시인은 "우월한 세월 앞에 낮은 마음으로 가다듬는다". 더 멀리, 더 높이보다는 더 낮게 더 겸허하게 바라보고자 한다. "인생길 같은 계단을 천천히 내려가려니" 그동안 "쌓은 시간을 비워내는 삶의 궤적이 덧없"다는 것을 깨달은 것이다. 시인은 '계단'을 '인생길'에 비유한다. 오르다 보면 가파른 계단도 있고, 평편한 길도 있

120

다. 이것을 극복하여 종내에는 짐을 내려놓고 "다가오는 앞날은 뒷사람에게 맡기고/흐르는 저 강물에 마른 붓 한 자루 적시"고자 한다. 즉 욕심을 버리고 오직 '마른 붓 한 자루'를 적셔 배움에 정진하고자 하는 것이다. 배움을 익혀 마음을 갈고 닦고자 함은 고결한 삶을 살고자 했던 선인들의 삶과도 잇닿아 있다. 시를 통해 물질이 아닌 정신에 매진하고자 하는 시인의 마음을 읽을 수 있다.

시집에는 장춘정과 영모정 외에도 많은 누정이 있다. 그 중 한풍루는 여러 곡절을 겪으며 훼철되었다. 시인은 「한풍루寒風樓」를 통해 훼철되었다가 중건되는 과정을 소상하게 밝히고 있다. "임진전쟁 때 화마로, 강점기 때 만행으로" 곡절을 겪었다. 그러다 지금의 위치로 옮겨졌는데, 이 중건에 얽힌 일화가 있다. 백호 임제가 꿈에 계시하여 동생 임환林懽이 1599년 무주 현감 재임 때 중건했고, 1783년 후손 임중원林重遠이 중수하였다고 한다. 이렇게 "그 이름 이어오는데/이 모습 지켜오는데" 오랜 시간이 걸렸지만, 현재는 "수려한 자태"로 건재한 모습을 지키고 있다. 시인은 지금의 한풍루가 있기까지의 이러한 험난한 과정을 시의 언어로 압축하여 보여주고 있다. 이런 시편의 기록이 없다면 후세들은 한풍루의 역사를 간과할지도 모른다. 「창랑정滄浪亭 앞 조어대釣魚臺」는 인적이 없는 쓸쓸한 풍경을 묘사하고 있다. 창랑정은 백호 임제의 동생인 임탁林侘이 지은 정자이다. 창랑정 앞 영산강변에는 낚시 바위가 있다. 과거에는 "비단결처럼 창랑한 강물에 낚싯대 드리우며/유영하는 물고기는 마음속에 품고 시를 낚던 곳"이었으나 지금은 "기다림에 갇힌 초목만 무성하다." 이에 "아득한 옛사람이 그리워지는 날"의 단상을 시인은 한 폭의 수묵화처럼 담담하게 풀어내고 있다.

고독한 산책자가 그려내는 삶의 무늬

시는 개인적인 사연을 담기도 하지만 직면하고 있는 사회문제도 간과할 수 없다. 거대담론을 통해 사회를 인식하고, 이를 시에 환원하여 다시 보여주는 것도 시인의 책무이다. 모름지기 시인은 높은 곳을 꿈꾸는 자가 아니다. 낮은 곳을 바라보고, 낮은 곳을 희망하는 자가 진정한 시인이라 할 것이다. 임경렬 시인은 삶을 촘촘하게 바라봄과 동시에 낮은 곳에 있는 사람들의 이야기에 귀 기울이고 이들의 삶을 응시한다.

몰려든 듯한 바닷물이 강물에 섞인다

우아한 산자락이 마중 나온 기슭에는
포구가 포근하게 품을 열었다

바닷바람을 강변에 가두고 살아온 사람들

　　주섬주섬 뭍으로 나르던 애환을 묻어둔 채
　　물길을 되돌려 사무친 추억을 찾아가는데

　　아득한 옛사람은 바닷새 따라 전설처럼 떠났고

　　바윗돌에 새겨 놓은 짙은 그리움이

　　암각화처럼 남아 갯바위로 모여든다
　　　　　　　　　　　　　　　－「영산도 사람들」 전문

　영산도는 전남 신안군에 있다. 고려 시대 왜적의 침입이
빈번하여 나라에서 공도정책空島政策으로 섬에 사는 주민
을 육지로 강제 이주시켰다. 이때 영산도에 사는 사람들이
나주 영산포로 옮겨 정착하였다. 이 시에는 당시 이러한
삶의 애환이 그려져 있다. 흑산도의 바닷물이 영산강 강물
과 섞이는 곳에 "바닷바람을 강변에 가두고 살아온 사람
들"의 삶이 있다. "주섬주섬 뭍으로 나르던 애환을 묻어둔
채/물길을 되돌려 사무친 추억을" 찾아가는 그들의 걸음이
어찌 가벼울 수 있겠는가. 짙은 그리움은 바윗돌에 새겨두
고 갯바위에 모인 사람들의 무게는 무거울 수밖에 없었을
것이다. 과도하게 감정을 이입하지 않고 한 걸음 뒤에서

묵묵히 체화하고 있다.

> 사진 한 장 끼워져 있다 낡은 책갈피처럼
>
> 파고든 먼지에 덮인 책장 틈 사이로
> 탈색된 사람들과 이끌려온 짚단이 섞여서
> 틈새 없는 침묵을 가득 채우고 있다
>
> 일제 강점기, 가마니 짜기를 겨루는 장면이다
>
> (…중략…)
>
> 빛바랜 사진 한 장에 머물러 있는 상처가
> 아픔으로 다시 다가오는 듯하다
>
> ─「사진 한 장」 부분

이 시에는 역사의 상흔이 담겨 있다. 시인이 마주한 사진 한 장에는 "일제 강점기, 가마니 짜기를 겨루는 장면"이 담겨 있다. 일제는 조선의 쌀을 수탈하기 위해 학생과 농민을 동원하여 가마니 짜기 대회를 열었다. 시인의 눈에 들어온 "빛바랜 사진"에는 이 모습이 고스란히 담겨 있었던 것이다. 나주는 일제 강점기 때 수탈의 대상이 되는 곳이었다. "살아간다는 것도 힘들었던 그 시절" 일제는 우리

"민중의 땀과 눈물을 연료로 삼아/넘치도록 노동의 착취를 보태고/고혈을 짜내서 섬나라로" 보내는 만행을 자행했다. "역사를 끊고 문화를 송두리째 앗아가려고" 했던 그 아픈 역사를 시인은 시 속에 부활시켜 그 의미를 다시 곱씹어 보고자 한다.

시인의 시선은 삶의 곳곳에 닿는다. 「상처 난 풍경」에는 자연을 해치는 인간의 욕망을 그려내고 있다. "역사의 품 속에 기나긴 인연을 간직한 백룡산"의 중턱에 도로를 개설하여 자연을 손상했다. 백룡산은 조선의 개국설계자 정도전이 유배 생활을 하며 민본사상을 정립했고, 고려 말 두문동 72현 임탁 묘소가 있는 역사가 교차한 곳이다. 이곳을 "파헤치고 깎아내고 산허리를 잘라/어긋난 경계선을 그 어놓는" 현실을 응시한다.

"당산나무의 천수天壽를 지키겠다"(「안개 속 당산나무」)는 마을 주민들의 이야기를 대신 전하기도 하며, 울창함은 사라지고 "군살 돋은 상처만 겹겹이"(「고목을 바라보다」) 남아 있는 느티나무가 세월의 뒤란길에서 쓸쓸하게 식어가는 모습을 애잔하게 바라본다. 중국 연변의 류경식당을 방문했던 시인은 북한에서 건너온 "가슴에 달을 품은 여인"들의 "손끝에 서린 그리움"(「류경식당 여인들」)을 읽어내기도 하고, 짙은 화장으로 자신을 감추고 "쓰디쓴 웃음"(「거리의 여인들」)을 팔아야 하는 지경에 이른 베네수엘라 여인을 안타까운 시선으로 바라본다.

시詩로 들려주는 옛이야기

　시인은 누정뿐만 아니라 나주 지역 전설과 숨은 장소들을 시 속으로 소환하여 보여준다. 시인은 부모와 자식 간의 사랑도, 연인 간의 사랑도 그냥 넘기지 않는다. 전해오는 이야기로 치부하지 않고 공감하며 이를 널리 전파하고자 한다.

　　　오래전, 질푸른 물길을 따라간 어부는
　　　아낙네의 온순한 숨결을 가슴에 간직한 채
　　　무너진 물너울에 기약 없이 갇히고

　　　오늘, 불빛을 덮고 골목길을 거닐던 청춘들은
　　　영문도 모른 채 다급한 발걸음이 꺾였다

　　　정처 없는 영혼이 어둠에 엉키어
　　　어슴새벽까지 서럽게 떠돈다 그곳에서

　　　파랑새가 흔적을 뒤지며 떠나간 서녘,
　　　눈을 감고 바라본다 서늘바람 맞으며
　　　　　　　　　　　　　　　　　　　－「이별 바위」 부분

　이 시는 자연 속 이별 바위에 얽힌 전설과 도시의 이태원 참사가 중첩되어 있다. 석관정에 오른 시인은 이별 바위와 마주한다. 뱃길을 떠난 임을 기다리는 여인의 마음이 새겨 있는 이별 바위에는 여러 전설이 전해지고 있다. 2022년 가을, 서울특별시 용산구 이태원에서 참사가 일어났다. 방치된 좁은 골목길 경사로에 사람들이 몰리면서 압사 사고가 발생했다. 159명이 세상과 영원한 이별을 하였다. 이별이라는 숙명 앞에서 인간은 자유로울 수 없다. 누구에게나 이별은 늘 슬픔을 함유하고 있다. "오래전, 짙푸른 물길을 따라간 어부는/아낙네의 온순한 숨결을 가슴에 간직한 채/무너진 물너울에 기약"이 없고, 그로부터 "오늘, 불빛을 덮고 골목길을 거닐던 청춘들은/영문도 모른 채 다급한 발걸음이" 꺾여버리고 말았다. "어슴새벽까지 서럽게" 떠도는 영혼을 어떻게 위로할 수 있을 것인가. "파랑새가 흔적을 뒤지며 떠나간" 이 참담한 상황을 시인은 "서늘바람 맞으며" "눈을 감고 바라"보는 것으로 대신한다.

지구를 딛고 솟아오른 앙암 절벽

연인의 못다 이룬 사랑을 숨죽이며 껴안았는데
핏빛 영혼은 벼랑 끝에서 매달리고
화석이 된 눈물은 낭떠러지에 두 몸을 기댄 채
도드라진 부조처럼 육신을 새겼다

뉘엿뉘엿 쓸쓸함이 태어날 때
붉게 물든 강물이 또 하루를 씻어낸다
여인의 검붉은 치맛자락을 적시며

―「가야산의 석양」 부분

　나주 지역에 얽힌 전설은 위의 시에서도 엿볼 수 있다.
이 시에서는 앙암바위의 전설을 보여준다. 영산포구에서
강을 따라가다 보면 가야산 절벽이 있는데, 이곳이 이루지
못한 사랑의 전설이 전해오는 '앙암바위'이다. 영산강을 사
이에 두고 택촌에 사는 아랑사와 진부촌 처녀 아비사의 슬
픈 사랑 이야기가 구성되어 오랜 세월 전해졌다. 이 전설
을 바탕으로 남녀가 서로 기대고 있는 모습이 절벽에 새겨
져 있다. 시인은 이에 얽힌 이야기를 시의 언어로 펼쳐놓
는다. "조각구름이 연인처럼/손목을 부여잡고 강물 위를"
떠돌 수밖에 없는 아랑사와 아비사의 "못다 이룬 사랑"을
현재 시인의 시선으로 나지막이 읊조리고 있다.
　「드들강에서」는 남평 지역에 위치한 드들강 전설을 형상
화하였다. 홍수가 잦았던 지석강에 마을 사람들이 처녀를
제물로 바쳤다. 가난한 집안의 처녀였던 드들이는 쌀 백
석에 자신을 제물로 바치는 희생을 하였다. 이후로 홍수는
나지 않았다고 한다. 이 설화는 초자연적 존재에게 사람을
제물로 바치는 '인신공희人身供犧'의 내용을 담고 있다. 개
인보다는 집단을 위해 산 사람을 제물로 바쳤다는 것은 시

인의 마음을 아프게 하였을 것이다. "구휼하듯/한목숨 바쳐 강물을 다스리고" "들녘에 풍요를 펼쳤던" 드들이가 시인의 마음을 움직인 것이다. "슬픈 영혼이 걸음걸음 파편으로 남아/쓸쓸히 이승을 떠"돌고 있다. 시인은 시로나마 드들이를 위무하고자 한다.

말 없는 존재들

시인의 내력은 "선조의 마지막 고려인高麗人, 소윤공 할아버지"(「신걸산信傑山」)로부터 이어지고 있다. 나주시 다시면에 있는 신걸산은 "구름을 껴안고 솟아오른 봉우리에" "상서로운 기운이 그윽하게 서려" 있는 곳이다. 골짜기마다 역사의 숨결이 흐르는 신걸산에서, 고상하고 겸손하게 살다 왔는지 소윤공이 후손들에게 묻는다. 이러한 선조들이 말없이 시인을 지켜주는 든든한 존재이며 시인에게 울타리를 만들어준다.

시향時享 제물을 장만하려는 할아버지 따라 오일장五日場에 왔다. 줄을 맞춰 늘어선 좌판 위 물건에는 애당초 관심이 없다. 할아버지 일행 뒤를 졸졸 따르는 발걸음은 아예 별개다. 집을 따라나설 때부터 꿈꾸던 주전부리와 함께하고 있다.

— 「어물전의 기억」 부분

시인의 뿌리가 과거로부터 이어지고 있다는 것은 자명하다. 이는 위의 시를 통해 확인할 수 있다. 과거 유년 시절을 회상하며 시의 도입부가 전개되고 있다. 유년 시절의 시인은 시향 제물을 장만하려는 할아버지를 따라 오일장에 갔다. 당시 시인은 물건에는 관심이 없고 주전부리에만 관심이 있는 꼬마 아이였다. 한 손에는 튀밥을 들고, 입안에 눈깔사탕을 굴리며 달콤함에 빠지는 순간이다. 시간이 흘러 할아버지는 계시지 않고, 그 아이가 이제는 시향 제물을 장만하러 오일장에 나왔다. 어느덧 장성하여 "반백 년이 지나간 음력 10월" 시향 제물을 장만해야 하는 나이에 이르렀다. "속절없이 떠나고 훌쩍 흐른 세월에 밀려 장터도 옮기고, 어물전 주인도 바뀌고, 문중 사람도 새로운 얼굴이지만 장날"의 풍경만큼은 예전 그대로이다. 시인 역시 "그 시절 할아버지를 똑같이 닮"아 있다.

시인의 시선은 어머니의 묘소가 있는 회진마을 서편 "잠애산 구릉"(「가을 낙서」)에 닿기도 한다. 십삼 년을 함께 지낸 반려동물도 시인에게는 가족이다. 순백의 자태를 뽐냈던 한라의 삶에 "마침표를 어떻게 찍어야 할지 망설"(「어떤 이별」)이다 담담하게 보내는 시인의 마음에서 애틋함을 확인할 수 있다.

시간은 말없이 왔다가 말없이 가는 존재이다. 아래의 시는 죽음에서 시작하여 죽음으로 끝나는 삶의 고리에 대한 시이다.

한껏 치열熾烈하게 살아간다

죽음을 위해

있는 힘 다하여 달린다

그 길

시작과 끝은 죽음이다

생명을 버려

다른 생명체生命體를 얻는다

-「삶」 전문

인간은 하루하루 치열하게 살아간다. '먹고 산다'는 명제
가 당연한 것 같으나 어려운 일이다. '어떻게 잘 먹고 어떻
게 잘 살아야 하는가'의 문제로 외연이 확장되고 있다. 그
렇다면 인간이 나아갈 방향은 어디인가. 열심히 살아가는
것이다. 남의 것을 욕망하지 않고 자신을 귀하게 여기며
스스로에 감사하고, 나의 뒤에 누가 있는지도 가끔 살피며

사는 것이다.

그러나 이렇게 치열하게 살아가는 것들의 끝에 서 있는 것은 결국 '죽음'이다. "있는 힘 다하여 달린" 그 "시작과 끝은 죽음"인 것이다. 하지만 절망하기에는 이르다. "생명을 버려 다른 생명체生命體를 얻"기 때문이다. 모든 생을 소진하고 죽음으로 가는 것이 당연한 순리이지만, 시인의 내공이 당연하지 않은 '죽음'이라는 삶에 대한 전언을 담담하게 들려준다. 삶과 죽음은 따로 존재하는 것이 아니라 하나라는 것이다.

임경렬 시인의 시는 정도를 걷는다. 언어유희나 과도한 기교 없이 올곧은 그의 심성이 시 안에 그대로 펼쳐져 있다. 시란 무엇인가, 지향하는 바는 무엇인가에 대한 논의는 꾸준히 제기되어 왔다. 이러한 문제들이 현실과 적절하게 동화되기 위해서는 시인의 역할이 크다고 할 것이다. 시인은 단순히 지역을 어떤 기호와 상징으로 살피면서 일차적인 정보만을 제공하는 존재가 아니다. 지역이 가지고 있는 고유의 속성을 통해 지역의 재현을 넘어서고자 하는 것이 시인의 역할이며 몫이라 할 수 있다. 임경렬 시인은 이러한 지역의 정체성에 대해 고민하고, 그 편린을 보여준다. 현재의 중요성도 인지하면서 미래에도 이어질 수 있도록 거듭 사고하고자 하는 그의 흔적이 시집에 고스란히 담겨있다.

임경렬 시인은 나주문화원장을 지냈다. 재임 시절, 나주시의 문화 발전에 노력을 기울이고 소기의 성과도 얻었다. 나주를 사랑하는 마음이 근원이다. 현대는 놀거리, 즐길 거리 등 늘 새로운 것들이 넘쳐나는 시대이다. 이러한 시대적 상황에서 옛이야기를 기억하고 반추하는 일이 현대인에게 더는 새롭지 않다. 그런데도 나주를 지켜내고자 하는 마음과 마음을 모은 시인의 고독한 산책은 오늘도 이어지고 있다. 과거는 현재를 존재하게 하고, 현재는 미래를 만든다는 것을 시인은 잘 아는 것이다. 대상을 바라보는 고독하고 쓸쓸한 시선이 연민과 안타까움이라는 정서적 감응을 일으키기에 독자는 시인과 함께 고뇌하며 한 걸음 나아갈 수 있다. 좋은 인연이 좋은 결과를 맺는다. 시와 시인이, 시인과 독자가 그리고 시인과 사회가 선연선과善緣善果의 의미를 확장할 수 있기를 바란다.

파랑새가 떠나간 서녘

초판1쇄 찍은 날 | 2024년 6월 10일
초판1쇄 펴낸 날 | 2024년 6월 20일

지은이 | 임경렬
펴낸이 | 송광룡
펴낸곳 | 문학들
등록 | 2005년 8월 24일 제2005 1-2호
주소 | 61489 광주광역시 동구 천변우로 487(학동) 2층
전화 | 062-651-6968
팩스 | 062-651-9690
전자우편 | munhakdle@hanmail.net
블로그 | blog.naver.com/munhakdlesimmian

ⓒ 임경렬 2024
ISBN 979-11-91277-90-6 03810